PEDRO

EL GOLAZO DE PEDRO

por Fran Manushkin

ilustrado por Tammie Lyon

PICTURE WINDOW BOOKS

a capstone imprint

Publica la serie Pedro Picture Window Books,
una imprenta de Capstone,
1710 Roe Crest Drive
North Mankato, Minnesota 56003
www.mycapstone.com

Texto © 2018 Fran Manushkin
Ilustraciones © 2018 Picture Window Books

Los datos de CIP (Catalogación previa a la publicación, CIP) de la Biblioteca del Congreso se encuentran disponibles en el sitio web de la Biblioteca.
ISBN 978-1-5158-2511-1 (encuadernación para biblioteca)
ISBN 978-1-5158-2519-7 (de bolsillo)
ISBN 978-1-5158-2527-2 (libro electrónico)

Resumen: A Pedro le encantaría ser el arquero en el primer juego del equipo, pero hay otro niño que es más grande que él... por lo que todos sus amigos se acercan a ayudarlo para practicar antes de las pruebas.

Diseñadoras: Aruna Rangarajan y Tracy McCabe
Elementos de diseño: Shutterstock

Fotografías gentileza de:
Greg Holch, pág. 26
Tammie Lyon, pág. 27

Impresión y encuadernación en los Estados Unidos de América.
010837S18

CONTENIDO

Capítulo 1

Pruebas de arqueros

A Pedro no le gustaba el fútbol. LE ENCANTABA. Le gustaba mucho correr, patear y saltar.

—¡Nuestro equipo es el mejor! —alardeaba—. ¡Que vivan Los Tigres!

Katie Woo también gritaba:

—Corremos rápido.

Saltamos alto. Pateamos fuerte.

El entrenador Rush dijo:

—La semana próxima voy
a elegir a un arquero para
nuestro primer juego. ¿Quién
quiere hacer la prueba?

—¡Yo, yo, yo! —gritaron todos.

—¡Olvídenlo! —exclamó Roddy con desprecio—. Soy el más grande. Nadie puede vencerme.

—Roddy tiene razón

—aceptó Pedro—. Él será el mejor.

—No estoy tan segura

—dijo Katie—. Ser el más grande

no siempre significa ser mejor.

Katie, Juli y Barry se fueron con Pedro a su casa para practicar.

Katie le pateó una pelota.

¡FIUUUU! Pasó de largo.

—¡Prueba otra vez! —gritó
Barry. Y le pateó la pelota a Pedro.

¡FIUUUU! Pedro tampoco pudo
atraparla.

Capítulo 2

Práctica y caca de perro

Pedro le dijo a su papá:

—Tal vez no ma muevo tan rápido como para ser arquero.

—¡No te rindas! —le aconsejó su papá.

—Está bien —aceptó Pedro—. Seguiré practicando.

—Yo también quiero jugar —dijo Paco, su hermano.

—¡Cuidado! —gritó Pedro.

Y frenó a Paco para que no saltara sobre una pila de caca de perro.

—¡Buena atrapada!
—festejó el papá.

Y le pateó la pelota a Pedro,
que casi la atajó.

—Sigue practicando
—insistió el papá—. Ya
mejorarás.

Al día siguiente, los amigos de Pedro fueron a su casa a jugar. Barry pateó la pelota.

¡Uy! La pateó con tanta fuerza que la pelota voló por encima de la cerca.

Con un "gua", Peppy, el perrito de Pedro, fue tras la pelota. Quiso saltar la cerca y salir a la calle.

Pedro saltó bien alto y

atrapó a Peppy.

—¡Bien! —vitoreó Barry.

—Fue la mejor atajada de todas.

—¡Ya lo creo! —exclamó

Pedro sonriendo mientras

abrazaba a Peppy con fuerza.

Pedro siguió
practicando.

—Me pregunto
a quién elegirá el
entrenador para
ser arquero...

—dijo Katie.

—Tal vez a
Roddy —dijo Juli.

—O tal vez no
—dijo Barry.

Capítulo 3
El arquero de Los Tigres

El día de las pruebas por
fin llegó. Katie fue la primera.
No atajó ninguna de las dos
pelotas.

—Suerte para la próxima
—le dijo el entrenador Rush.

Entonces fue el turno de Juli. Atajó una pelota, pero no atrapó la otra.

—No está mal —dijo el entrenador—. Veamos quién puede atrapar los dos disparos.

—Me toca a mí —gritó

Roddy—. Ya sé que ganaré.

Pero estaba tan ocupado

en alardear, que no atrapó

ninguna de las dos pelotas.

Y entonces le tocó el turno a Pedro. Roddy pateó la primera pelota ¡y él la atajó!

Entonces volvió a patear... Pedro dio un salto.

¡Y atrapó esa pelota también!

—¡Eres el ganador!

—exclamó el entrenador Rush—.

Pedro es nuestro arquero.

—¡Viva! —festejaban los

amigos—. Sabíamos que podías

hacerlo.

—Ahora yo también lo sé

—dijo Pedro—. Me encanta este

juego.

Se fue a su casa sin dejar de

sonreír durante todo el camino.

Sobre la autora

Fran Manushkin es la autora de muchos libros de cuentos ilustrados populares, como *Happy in Our Skin*; *Baby, Come Out!*; *Latkes and Applesauce: A Hanukkah Story*; *The Tushy Book*; *The Belly Book*; y *Big Girl Panties*. Fran escribe en su amada computadora Mac en la ciudad de Nueva York, con la ayuda de sus dos gatos traviesos gatos, Chaim y Goldy.

Sobre la ilustradora

El amor de Tammie Lyon por el
dibujo comenzó cuando ella era
muy pequeña y se sentaba a la
mesa de la cocina con su papá.
Continuó cultivando su amor
por el arte y con el tiempo
asistió a la Escuela Columbus
de Arte y Diseño, donde obtuvo
un título en Bellas Artes. Después de una breve
carrera como bailarina profesional de ballet, decidió
dedicarse por completo a la ilustración. Hoy vive
con su esposo, Lee, en Cincinnati, Ohio. Sus perros,
Gus y Dudley, le hacen compañía mientras trabaja
en su estudio.

Conversemos

1. A Pedro le encanta el fútbol. ¿Cuál es tu deporte favorito? ¿Qué es lo que te gusta de ese deporte?

2. Pedro practicó mucho para estar listo para las pruebas de arquero. ¿Por qué es importante practicar? ¿De qué manera habría sido diferente la historia si no hubiera practicado?

3. Roddy dijo que nadie lo podía vencer y que él iba a ser el mejor. ¿Cómo crees que eso hizo sentir a Pedro?

Redactemos

1. Los padres y amigos de Pedro lo ayudaron a practicar para ser arquero. Escribe sobre algún momento en que hayas ayudado a un amigo.

2. El nombre del equipo de fútbol de Pedro es Los Tigres. Anota los nombres de tus equipos deportivos favoritos.

3. Dibújate a ti mismo jugando tu deporte favorito. Escribe un párrafo sobre por qué te gusta ese deporte.

¡MÁS DIVERSIÓN

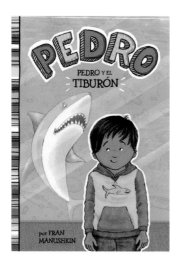

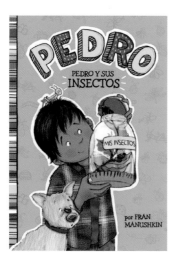

CON PEDRO!

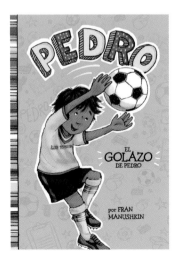

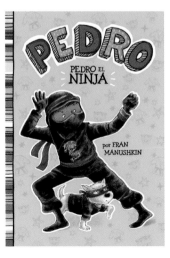

AQUÍ NO TERMINA LA DIVERSIÓN...

Descubre más en www.capstonekids.com

- ⚽ Videos y concursos
- ⚽ Juegos y acertijos
- ⚽ Amigos y favoritos
- ⚽ Autores e ilustradores

Encuentra sitios web geniales y más libros como este en www.facthound.com. Solo tienes que ingresar el número de identificación del libro, 9781515825111, y ya estás en camino.